Marc Couture

La médaille perdue

Illustrations
Yan-Sol

Collection Œil-de-chat

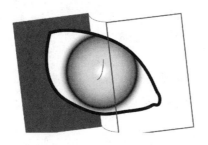

Éditions du Phœnix

© **2006 Éditions du Phœnix**
Dépôt légal - Bibliothèque et Archives nationales du Québec, 2006
Bibliothèque nationale du Canada

Imprimé au Canada

Les Éditions du Phoenix remercient la SODEC pour l'aide accordée à son programme de publication.

Illustrations : Yan-Sol
Graphisme : Guadalupe Trejo
Révision linguistique : Lucie Michaud

Éditions du Phœnix
206, rue Laurier
L'île-Bizard (Montréal)
(Québec) Canada H9C 2W9
Tél.:   (514) 696-7381
Téléc.: (514) 696-7685
www.editionsduphoenix.com

Catalogage avant publication de Bibliothèque et Archives Canada
Couture, Marc

    La médaille perdue

    (Collection Œil-de-chat ; 6)
    Pour les jeunes de 9 ans et plus.

    ISBN-13: 978-2-923425-09-2
    ISBN-10: 2-923425-09-X

    I. Yan-Sol. II. Titre. III. Collection.

PS8605.O921M42 2006   jC843'.6 C2006-941276-6
PS9605.O921M42 2006

Marc Couture

La médaille perdue

Éditions du Phœnix

J'aimerais remercier l'Association des
auteurs et auteures de l'Outaouais,
plus particulièrement Michel Lavoie
pour ses précieux conseils, ainsi que
Doris, Nadine et Julien, qui ont
toujours cru à mon rêve.

Mes plus sincères remerciements
à Liliane Lord qui a fait
de ce rêve, une réalité.

CHAPITRE PREMIER

La fête gâchée

Un calme absolu régnait en ce samedi matin du mois d'août. Le soleil tardait à se lever. Les résidants de la petite banlieue dormaient à poings fermés. Dans une coquette maison résonnaient les cris de Max. Il se disputait avec sa mère.

— Non, je n'irai pas, point final !

— Tu viens avec nous, et on ne discute plus ! répondit-elle fermement.

— Mais maman, c'est mon anniversaire. Doit-on vraiment aller chez grand-père ?

— Bien sûr ! Et tu connais parfaitement la raison.

— Mais maman...

— Allez, dépêche-toi, ton père nous attend dans l'auto.

Tim, le frère cadet de Max, déjà assis confortablement sur la banquette arrière, attendait lui aussi que Max se décide. Il lui fit un grand sourire malicieux, puis cria par la fenêtre entrouverte :

— Tu pleurniches encore : tu es telle-ment bébé malgré tes douze ans. Viens ! J'ai hâte de partir.

Max lui répondit en grimaçant :

— On voit bien que ce n'est pas ta fête, aujourd'hui !

L'aîné céda enfin, ouvrit la portière et s'assit à contrecœur à côté de son frère. Tim le toisait avec un sourire provocant. Max lui asséna un coup de poing sur l'épaule.

— Arrête de rire ! Tu m'énerves !

Tim lui donna un coup à son tour. Max répliqua de plus belle. Exaspéré, leur père ordonna :

— Ça suffit, les garçons ! C'est toujours pareil entre vous. Pourquoi agissez-vous de cette façon ? Soyez donc des amis !

— Plutôt mourir, riposta Max.

Malgré leurs fréquentes querelles, les deux frères s'aimaient beaucoup. Il exis-tait même une belle complicité entre eux.

Mais la discorde régnait souvent, surtout durant les longs périples.

Max aurait dû être très heureux ce jour-là, mais il en allait autrement. Il aurait préféré célébrer son anniversaire en compagnie de ses amis. Non seulement il lui fallait oublier la *piñata* et les sacs à surprises, mais il se coucherait tôt sans recevoir beaucoup de cadeaux. Le jour de son anniversaire serait différent de ce dont il avait rêvé. Pourquoi? Parce que c'était le dernier samedi du mois et que la famille avait l'habitude de le passer chez son grand-père. C'était ainsi depuis qu'ils étaient tout petits. Malheureusement, pour la première fois, ce samedi coïncidait avec le jour de sa fête.

Bien sûr, il aimait beaucoup son grand-père. Il adorait lui rendre visite, mais pas en ce jour spécial à la fois pour lui et pour ses amis.

Il avait échafaudé plusieurs stratégies pour faire changer ses parents d'avis, mais la tradition était sacrée. Sa mère lui avait suggéré d'organiser une fête un autre jour, mais Max, entêté, avait sèchement répondu :

— Maman, cette solution est tout à fait inacceptable !

Pauvre Max ! Il s'était montré prêt à exécuter plus de corvées, et avait même promis de travailler plus fort pour améliorer ses résultats scolaires. Peine perdue. Sa mère n'avait rien voulu entendre. Son père non plus d'ailleurs.

En temps normal, c'est-à-dire n'importe quel autre jour de l'année, il aurait apprécié visiter son grand-père. C'était un endroit fabuleux. Le vieillard vivait à la campagne dans une maisonnette de trois pièces. Il y demeurait depuis le décès de sa femme. Sa maison était située sur la rive d'un petit lac entouré d'une superbe forêt aux arbres centenaires.

Chaque fois que Tim et Max s'y rendaient, ils en profitaient pour aller à la pêche. Ils se levaient très tôt le matin pour taquiner la truite, comme le disait si bien son grand-père. Après le déjeuner, c'était la baignade. Le reste de la journée, ils jouaient à cache-cache dans la forêt en compagnie des amis du voisinage. Le soir venu, ils grillaient des guimauves sur un grand feu de camp et fredonnaient des chansons.

Pourquoi son anniversaire devait-il tomber un samedi ? On allait sûrement le fêter, il aurait même droit à un cadeau et à un gâteau, mais...

Avec le temps, ces soupers devenaient monotones, puisque son grand-père parlait rarement de lui, de ses activités. Par contre, il aimait bien raconter des histoires. Tout cela était bien différent d'une fête avec des ballons, des jeux et de la musique endiablée. Son grand-père écoutait rarement de la musique. Il possédait une très vieille radio, mais préférait le calme de la campagne et le gazouillement des oiseaux. C'est à cause de cela qu'il avait acheté ce petit paradis au bord de l'eau.

Le trajet de deux heures sur la route cahoteuse sembla durer une éternité. Malgré son humeur maussade, Max s'était résigné et était demeuré silencieux. Il était désormais trop tard pour changer d'idée et inviter ses amis. À la vue du domicile de son grand-père, son état d'esprit restait inchangé. Tous ses soucis demeuraient bien présents malgré les attentes de ses parents.

Le lac, d'un bleu turquoise, pailleté par le soleil du matin, le laissait indifférent ; les rayons couvraient l'eau de millions de diamants étincelants. Devant ce spectacle, Tim en oublia même la fête de son frère. Il sortit de l'auto à la hâte et courut jusqu'à la berge. Il s'étendit sur le quai et écouta le clapotis des vagues s'échouant sur la rive. Il connaissait bien tous les recoins de cette parcelle de terre. Il se sentait chez lui.

Puis, sans bruit, tout doucement, sans se faire remarquer, son grand-père vint s'asseoir à ses côtés sur le quai.

— C'est beau, n'est-ce pas ? dit-il.

— Bonjour, grand-papa ! Oui, c'est beau... Tu es si chanceux de pouvoir admirer cette scène tous les jours.

— L'endroit est encore plus enchanteur quand je peux le partager avec toi. Bonne fête, mon grand ! lança-t-il en voyant Max les rejoindre sur le quai.

— Merci, répondit Max, vraiment surpris.

Son grand-père se souvenait de sa fête. Il parlait rarement, se contentant souvent d'écouter. Mais à l'occasion, il prononçait une phrase pleine d'émotion qui touchait profondément.

Max, sous ses allures de préadolescent dur à cuire, était un tendre malgré tout. Grand et élancé, il paraissait beaucoup plus vieux que son âge. Il gardait les cheveux longs et s'habillait de noir pour se donner une apparence sévère. Tim, plus jeune de deux ans et beaucoup plus petit, quoique plus costaud, portait les cheveux courts et des vêtements aux couleurs vives reflétant sa joie de vivre. Tout les différenciait : leurs amis, leurs passe-temps et même leurs choix musicaux. Ils avaient pourtant un point en commun : le goût de l'aventure.

Après de longues minutes passées à contempler le lac, ils gravirent l'escalier abrupt conduisant à la maison. Leur hôte avait mijoté un somptueux repas. Il mentionna que ce jour exceptionnel était réservé à la célébration de l'anniversaire de Max. Le garçon devint soupçonneux. Quelque chose d'inhabituel se passerait malgré tout. Le jour de son anniversaire serait ainsi un jour spécial, très spécial. Il était loin de se douter des retombées de cette journée dans sa vie et dans celle de son frère.

Le dîner terminé, le grand-père apporta le gâteau et offrit à Max son cadeau. C'était tout à fait inattendu. Le jeune garçon fut si surpris, qu'il en resta bouche bée. Son grand-père était visiblement satisfait de l'effet de surprise. Lorsque sa mère commença à découper le gâteau, Max, encore sous le choc, bredouilla quelques mots incompréhensibles. Ils l'entendirent tout de même dire merci, et c'est ce qui importait après tout.

— Allez, déballe ton cadeau, dit le grand-père avec un sourire magnifique.

Il s'agissait d'un paquet tout léger, plus petit qu'un album pour enfant. Il était emballé dans un papier sans doute acheté au magasin général. À la hâte, semblable à un gamin tout excité, Max déchira le papier et, à son grand étonnement, il vit un cadre, un simple cadre de bois avec une vitre. À l'intérieur se trouvait une vieille photo de son aïeul accoutré de son uniforme militaire. Celui-ci tenait dans ses mains une médaille en forme de croix avec un ruban sombre.

Max, plutôt déçu, se demandait bien pourquoi il recevait cette photo en cadeau !

Un lourd silence s'abattit sur la maison. On aurait dit qu'un gros nuage noir rempli d'émotions flottait au-dessus de la petite famille. Grand-père restait muet. Après une attente interminable, Max prit enfin la parole. Il s'agissait de sa fête et de son cadeau. Prenant son courage à deux mains, craignant de paraître impoli ou d'émettre un commentaire déplacé, il demanda :

— Grand-papa, qu'est-ce que c'est ?

Il le fixait droit dans les yeux. Son grand-père avait le regard trouble, lointain, crispé par la douleur. Puis une lueur, une étincelle jaillit de ses prunelles.

Après avoir pris une longue inspiration, le vieil homme répondit :

— C'est une photo prise lors de la cérémonie où l'on me remit une médaille. Ce jour-là, on me décerna la Croix de Victoria, la plus grande décoration militaire accordée à un soldat canadien pour ses exploits.

La réponse exigeait plus de détails : l'air ahuri de Max le confirmait.

— Viens mon gars. Je vais te raconter comment j'ai reçu cette médaille. C'est une longue histoire.

Max, Tim et leur grand-père se levèrent de table pour aller s'asseoir au salon. Les deux garçons se laissèrent choir dans un fauteuil d'une autre époque. Max donna un coup de coude à son frère et lui chuchota à l'oreille :

— Bon, ça y est, au lieu de fêter avec mes amis et de danser au son de la musique rock, je dois écouter les vieilles histoires de papi.

— Tais-toi, Max ! Moi je les aime, les histoires de grand-papa.

Assis bien confortablement dans sa chaise berçante, celui-ci admirait le lac à travers les grands pins, le regard perdu et l'œil humide. Il fit une très longue pause. Il essayait de retrouver ses souvenirs.

Max bayait aux corneilles. L'idée d'entendre des radotages toute la journée lui déplaisait, mais sa curiosité avait été piquée. Son grand-père avait été soldat, avait été à la guerre et avait été décoré. Il lui était difficile d'imaginer ce vieillard fragile en un jeune et valeureux soldat. Il tendit donc l'oreille.

Tim avait déjà plusieurs questions en tête pour son grand-père, mais il s'abstint de le déconcentrer. Il se promit de les garder pour la fin. Leurs parents vinrent les rejoindre. Même les oiseaux avaient cessé de chanter. Ce moment méritait un silence révérencieux.

CHAPITRE 2

À la recherche de la médaille

Cette magnifique journée sans nuages était agréablement chaude. Le soleil était radieux. Dans la maison surplombant le lac, Max s'impatientait. Il aurait préféré se baigner et jouer avec ses amis, mais au lieu de tout cela, il devait rester assis bien sagement et écouter son grand-père raconter une histoire. Il aurait voulu se lever, courir à l'extérieur et crier sa colère, mais il se raisonna. Il détourna son regard du lac et observa le vieil homme maigre et recourbé.

Son grand-père semblait endormi. Seule sa respiration rapide le trahissait. Max l'ignorait, mais son vis-à-vis vivait un moment d'une rare intensité. Plusieurs souvenirs lui revenaient en mémoire.

Pendant ce bref instant, il revivait une période difficile de sa vie. Le sifflement des obus et le vrombissement des avions de chasse se faisaient de nouveau entendre. Les horreurs de la guerre revenaient le hanter. Soudain, son grand-père entendit une voix. Ses paupières s'ouvrirent sur des yeux terrifiés.

— Grand-papa, est-ce que ça va ? demanda Max, inquiet.

— Oui, oui, ça va, balbutia-t-il.

Peu à peu, après de longs soupirs, il retrouva son calme et commença son récit.

— Ce que je vais vous raconter est une très vieille histoire. C'est arrivé lors de la Deuxième Guerre mondiale, en 1939. Un épisode sombre pour l'humanité tout entière... J'avais à peine dix-huit ans. Curieusement, je m'en souviens aussi bien qu'hier. Comment oublier ? J'ai passé ma vie à tenter d'éloigner ces souvenirs, mais il existe des événements qui nous marquent à jamais. On doit les accepter. Après tant d'années, ils sont encore très pénibles. Pour cette raison, j'hésitais à vous en faire le récit. Je vieillis et je voulais vous en faire cadeau avant d'être incapable de vous les raconter, avant d'oublier les faits. J'ai peur, car un jour, dans un avenir rapproché, je deviendrai sénile, j'en suis bien conscient. Déjà, la maladie d'Alzheimer m'accable et commence ses ravages.

« Cette histoire, ton père même ne l'a jamais entendue. Il est important, je pense, pour de jeunes garçons comme Tim et toi, de bien connaître le passé de votre pays et des gens qui l'habitent.

« Comme je vous le disais, il y a de cela très longtemps, j'étais un jeune homme. La vie était bien différente de celle d'aujourd'hui. On était plongé dans une révolution industrielle. Des innovations scientifiques et technologiques touchaient tous les aspects de la vie. L'Europe était en effervescence. Un jour de fin d'été, l'armée allemande envahit la Pologne. C'était le début d'une terrible guerre qui allait durer six années. Mais le reste du monde réagit. La France et l'Angleterre déclarèrent immédiatement la guerre à l'Allemagne en guise de représailles contre l'invasion de la Pologne. Tout cela se passait si loin d'ici, de nous, de notre réalité quotidienne...

« Pendant un an, notre journée de travail sur la ferme terminée, on écouta à la radio l'évolution de cette guerre. Malheureusement, le Canada avait aussi décidé d'y participer. On entendait souvent le même message lancé par notre gouvernement : « Jeunes hommes vaillants et courageux, venez vous joindre aux forces alliées pour défendre la liberté ! Venez en grand nombre combattre l'ennemi. »

« Quatre-vingt-dix mille Canadiens français répondirent à cet appel. Même au village, les murs étaient placardés d'affiches demandant des volontaires pour aider à vaincre les Allemands. Un jour, m'attardant devant l'une d'elles, je pris ma décision. Moi, fils de fermier, j'allais me joindre à l'armée canadienne et participer à l'effort de guerre.

« À ce moment-là, aller à la guerre représentait un défi et j'étais heureux de pouvoir le relever. J'avais l'impression de faire un geste important. Je croyais fermement en mon devoir. J'étais loin de me douter des atrocités de la guerre. L'appel de l'aventure m'incitait à y aller. Cette décision, je l'ignorais, changerait ma vie pour toujours.

« Ce soir-là, ma mère versa toutes les larmes de son corps. Mon père, malgré ses inquiétudes, était très fier de moi. Plusieurs de mes amis et voisins prirent la même décision. La propagande à la radio nous encourageait à nous engager en grand nombre. Le lendemain, je quittais ma ferme pour un camp d'entraînement et, six mois plus tard, j'embarquais sur un bateau en direction de l'Europe. Une expérience horrible débutait. »

Le récit de son grand-père s'était poursuivi durant de longues minutes. Toute la famille était fascinée par ces péripéties. Quand il se tut subitement, un lourd silence flotta de nouveau dans la maison. Tim rompit cette quiétude en demandant :

— Mais papi, comment se termine ton histoire ?

Le récit l'avait vraiment intrigué. Son grand-père le fixa d'un air hébété. Tim le ramenait tout doucement à la réalité. Il reprit :

— Au péril de ma vie, j'ai accompli une mission d'une importance capitale pour les services de renseignements britanniques et français. Ces informations changèrent le cours de la guerre. On me félicita avec effusion, on prit ma photo et on me remit une médaille lors d'une cérémonie officielle. Cette photo, Max vient de la recevoir. Mais tu sais, Tim, tous ceux qui subirent cette guerre méritaient une médaille. Pas seulement moi. Il est important de garder en mémoire les sacrifices faits par tous les soldats. On doit toujours se souvenir du prix de notre liberté.

Il avait à peine terminé sa phrase que Tim lui posait une autre question.

— Après avoir reçu ta médaille, qu'est-ce que tu as fait ?

Son grand-père semblait épuisé ; il éprouvait de la difficulté à se remémorer certains souvenirs. Il répondit brièvement :

— Comme tu t'en doutes, j'ai ensuite accompli plusieurs autres missions pour les services secrets.

— Mais cette guerre, qui l'a gagnée ? insista Tim, agacé par les propos soudainement évasifs du vieil homme.

— Les Alliés, bien sûr ! Le huit mai 1945, les Allemands déposaient les armes. Partout, on faisait la fête. On allait enfin rentrer chez nous.

— Qui étaient les Alliés ?

— Tu sais, l'Allemagne voulait conquérir le monde. Certains pays se joignirent à elle, mais la plupart la combattirent en se regroupant : c'étaient eux, les Alliés. Parmi les plus importants, on trouvait l'Angleterre, la France, les États-Unis et bien sûr, le Canada.

— Es-tu retourné chez tes parents après la guerre ?

— Pas immédiatement. Par le plus heureux des hasards, j'ai rencontré un ami de régiment sur le chemin du retour. Nous avons célébré nos retrouvailles, et il m'invita chez lui. J'avais hâte de revoir mes parents, mais j'avais aussi bien besoin de repos. J'ai donc accepté. À ma grande surprise, ce camarade avait une sœur dont je tombai follement amoureux. Cette femme merveilleuse devint ta grand-mère.

Il termina ainsi son récit. Exténué, il inclina la tête et ferma les yeux. Tim lui secoua doucement le bras et lui posa une dernière question.

— Dis, grand-papa, pourrais-je la voir, ta médaille ?

Sans s'en rendre compte, Tim venait de déclencher une émotion intense chez son grand-père. Celui-ci se mit à pleurer. Que de tristesse coulait sur ses joues ridées !

— Je l'ai perdue, répondit-il entre deux sanglots. C'est à cause de cette terrible maladie. J'oublie tout, je perds tout. C'est horrible ! J'aurais tant aimé te la montrer. J'aimerais tant la retrouver, c'est mon seul...

Il laissa sa phrase en suspens. Un énorme chagrin l'enveloppa. Cette dernière question avait vraiment été de trop. Mal à l'aise, Tim se demandait bien ce qu'il pouvait faire pour apaiser cette tristesse dont il se sentait responsable. Il regarda son frère. Max se contenta de hausser les épaules. Les parents, après avoir réconforté le vieil homme et prétextant l'heure tardive, choisirent ce moment pour partir, ce qui irrita Max. Il était d'un tout autre avis.

— Mais maman, j'aurais voulu jouer dehors avec mes amis, protesta-t-il, encore déçu d'avoir célébré son anniversaire avec son grand-père. On a passé tout notre temps à écouter papi.

— Écoute, Max, ton grand-père a besoin de repos après toutes ces émotions, répliqua sa mère fermement.

— Moi, je pense que papi a surtout besoin de retrouver sa médaille ! répondit Tim.

Ce dernier prit sur-le-champ la décision de la chercher et de la lui remettre afin que cesse sa souffrance. Il demanda alors la permission de rester au chalet jusqu'au lendemain. Discrètement, il expliqua à sa mère qu'il voulait passer la journée suivante à chercher la médaille. Contre toute attente, sa mère acquiesça. L'obstination de son frère surprit Max, mais il était bien heureux de pouvoir compter sur cet appui inattendu. De plus, dès qu'il en avait l'occasion, il aimait contredire ses parents. Espérant obtenir des privilèges normalement refusés en leur présence, il exprima lui aussi son désir de prolonger son séjour.

Les parents partirent après les recommandations d'usage, que les deux frères n'écoutèrent que très distraitement. Le reste de la journée s'écoula paisiblement. Max fit tout ce dont il avait envie et Tim s'occupa de son grand-père, car celui-ci n'émergeait pas de sa torpeur. Le profond chagrin s'était transformé en mélancolie. La perte de sa médaille le rendait lunatique. Il demeura prostré sur sa chaise.

Le soir venu, avant de s'endormir, Tim se confia à son frère. Il lui fit part de ses craintes sur l'état d'esprit de son grand-père. Pour le guérir, il voulait rechercher la médaille et fouiller la maison de fond en comble. Il demanda l'aide de Max. Celui-ci refusa catégoriquement : il proposa d'aller à la pêche avec leur aïeul, grâce à quoi Tim aurait le champ libre pour explorer la maison à sa guise. C'était un bon plan, mais Tim n'était pas dupe. Il savait que Max désirait d'abord aller pêcher. C'était par ailleurs les seules fois où il se levait tôt le matin.

Le soleil pointait à peine au-dessus de l'horizon lorsque Max se leva. Il avait eu du mal à trouver le sommeil, dérangé par les sanglots de son grand-père. Il se préparait à exécuter le plan conçu la veille. Il fut surpris d'être le premier à table. C'était tout à fait inhabituel, puisque papi se levait toujours le premier. Max se prépara un petit déjeuner et attendit. Plus les minutes s'écoulaient, plus il perdait patience. D'un pas ferme, il alla frapper à la porte du vieil homme.

— Grand-papa, es-tu réveillé ? dit-il d'un ton bourru.

Aucune réponse. Inquiet, il tendit l'oreille. Rien. Sans bruit, il ouvrit. Un désolant spectacle s'offrit à lui. Son grand-père était encore au lit, tout recroquevillé. Il pleurait.

— Grand-papa, tu viens à la pêche ? demanda-t-il d'une voix plus conciliante.

Aucune réponse. Il s'approcha, s'assit au pied du lit et répéta doucement sa question. L'autre détourna la tête. Max le regarda, impuissant.

— Allez, grand-papa, viens avec moi. On va s'amuser tous les deux.

Leur regard se croisa. Le sourire de Max produisit son effet. L'aïeul se leva.

— Où est ton frère ? demanda-t-il.

— Il veut rester au lit.

Max s'impatientait. Son grand-père voulait vérifier par lui-même. Il se rendit le voir.

— Es-tu certain de ne pas vouloir nous accompagner ?

— Oui, je préfère dormir encore un peu, répondit Tim en se frottant les yeux et en feignant de tomber de sommeil.

Quel mensonge ! Il n'avait aucune envie de rester au lit. Au contraire, il avait prévu de vaquer à une toute autre activité. Bien au chaud dans ses couvertures, il attendit leur départ.

Sitôt la porte refermée, il s'habilla et se dépêcha d'entreprendre ses recherches. Tim était déterminé à inspecter la maison et à trouver la médaille. Son grand-père devait l'avoir tout simplement égarée et en cherchant un peu, il la trouverait pour son plus grand bonheur.

Parcourant la maison du regard, il se rendit compte de l'ampleur de la tâche à accomplir. Non pas qu'il y avait du désordre : tout était propre et bien rangé. Chaque chose était à sa place, mais une si petite médaille pouvait facilement passer inaperçue.

Tim commença son exploration par la chambre à coucher. Il se rendit directement à la garde-robe. Il l'ouvrit et en inspecta minutieusement l'intérieur. Il se sentait mal à l'aise de fouiner dans les objets personnels de son grand-père, mais c'était pour une bonne cause. Il poursuivit sa recherche par une fouille méthodique des vêtements. Il inspecta toutes les poches et trouva des mouchoirs usés qu'il s'empressa de remettre à leur place. Il ouvrit ensuite tous les tiroirs de la commode, regarda sous le lit, même dans la corbeille à papier. Ce fut peine perdue.

Il continua son investigation dans la cuisine où il vérifia chaque récipient et ouvrit chaque armoire en sachant très bien qu'il y avait peu de chances de trouver la médaille dans un pot à farine. Néanmoins, il ne voulait rien laisser au hasard. Jetant un coup d'œil par la fenêtre pour s'assurer que les pêcheurs étaient au large, il comprit qu'il avait encore le temps d'examiner le salon.

Il regarda dans la bibliothèque, entre les livres, sous le canapé et leva même les coussins. Rien. C'était à croire que la médaille s'était volatilisée. Il inspecta la salle de bain en se disant qu'il y était déjà allé à plusieurs reprises sans avoir vu aucune trace de la médaille. Heureusement, la maison de son grand-père était petite et n'avait ni sous-sol ni grenier.

Découragé, il se demandait où chercher. Chaque recoin avait été scruté, chaque boîte avait été ouverte, chaque

meuble déplacé. Toujours rien. Déçu, Tim s'affala dans un fauteuil.

Un bruit de moteur le fit sursauter. Les pêcheurs revenaient ! Il restait un endroit inexploré : vite, la remise à bateau. Il courut à l'extérieur en direction du lac, dévala l'escalier pour atteindre la remise le premier. Il ouvrit chaque boîte de rangement, regarda sur chaque tablette. Encore et toujours rien. Dans sa hâte, il se blessa avec un hameçon. Comprimant sa blessure, il se laissa gagner par le désespoir, tout en observant le bateau accoster.

La pêche avait été fructueuse. Max se tenait debout, les bras levés, exhibant ses prises : trois belles truites arc-en-ciel. La fierté se lisait sur son visage.

Tim dissimulait mal son désarroi. Son grand-père aussi semblait triste. Il appréciait la compagnie de ses petits-fils, surtout lorsqu'ils l'accompagnaient à la pêche, mais le pénible souvenir de la guerre et surtout la perte de sa précieuse médaille l'avaient profondément affligé.

De retour à la maison, les garçons s'assirent au salon. Tim remarqua que dans sa précipitation, il avait laissé tomber un album photo. Essayant de cacher sa faute de son mieux, il demanda poliment :

— Grand-père, puis-je regarder ton album de photos ?

Tim savait pertinemment qu'il accepterait. Il s'installa même à ses côtés pour partager ces précieux souvenirs.

Assis confortablement dans le fauteuil, Tim en avait presque oublié la promesse qu'il s'était faite de retrouver la médaille. Il tournait nonchalamment les pages de l'album, l'ayant parcouru maintes fois lors de ses nombreuses visites, quand une étrange photo attira son attention. C'était un cliché de son grand-père lorsqu'il était encore tout jeune. On le reconnaissait à peine. Il se tenait debout avec un chien de berger, devant une belle maison. Un détail avait échappé à Tim jusqu'alors : il ne gardait aucun souvenir de cette maison.

— Grand-papa, est-ce bien toi sur cette photo ?

Le vieil homme chaussa ses lunettes et y regarda de plus près.

— Ah oui, je me souviens, j'habitais en ville à cette époque, bien avant ta naissance. C'est là où ton père a grandi. Que de beaux moments nous avons passés dans cette maison ! Ta grand-mère l'adorait.

— Donc c'était après la guerre ? interrogea Tim.

— Bien sûr. Pourquoi me poses-tu ces questions ? demanda-t-il, intrigué, puisque d'habitude les garçons tournaient les pages rapidement, regardaient les drôles de vêtements et riaient aux éclats.

— Pour rien, juste comme ça !

Il mentait sans honte. Une idée germait dans son esprit. Son grand-père n'y vit que du feu. Tim avait toujours été un garçon très curieux, ce qui exaspérait souvent ses parents et même ses professeurs. Depuis qu'il était tout petit, il posait des tas de questions. Normalement, son grand-père aimait partager ces conversations avec son petit-fils. Cela trompait sa solitude. Répondre à tant d'interrogations le gardait alerte malgré sa maladie, mais aujourd'hui, il peinait à cette tâche.

— Mais où est-elle, cette maison ? Pourquoi as-tu déménagé ?

— Ton père et tes oncles se sont mariés. À la mort de ta grand-mère, cette maison était devenue trop grande pour moi. Trop de souvenirs l'habitaient. J'ai donc préféré venir ici, dans notre chalet.

Tim poursuivait son interrogatoire :

— Tu l'as vendue, ta maison ?

— Non, elle m'appartient toujours, je crois. En fait, je n'en suis plus du tout certain. Je n'y pensais même plus, répondit-il en grattant son crâne dégarni. Je n'y suis plus retourné depuis tant d'années. Je me demande bien dans quel état elle se trouve ... Cela fait si longtemps. Je devrais peut-être la vendre ! Comme j'ai fini de la payer, je ne m'en souciais plus, croyant que j'aurais la force d'y retourner un jour.

Soudain, il se leva et ouvrit un vieux coffre.

— Grand-papa, que fais-tu ?

— Je cherche ma médaille.

— Laisse-moi t'aider.

Ensemble, ils vidèrent le contenu du coffre. Aucune médaille. Son grand-père s'obstina, ouvrant et fouillant tout ce qui pouvait l'être. En un rien de temps, sa maison si propre et si bien rangée fut sens dessus dessous. Tim s'inquiétait : jamais il ne l'avait vu agir de la sorte. Il bousculait tout sur son passage, sans même s'arrêter pour sécher ses larmes ou se moucher. Ayant tout chambardé et n'ayant rien trouvé, il se laissa tomber lourdement sur sa chaise. Il plaça les mains sur son visage. Tim réalisa l'extrême importance de cette médaille. Même Max fut sensible à la tristesse de son papi. Il décida de téléphoner à sa mère pour lui demander conseil. Inquiète, celle-ci annonça qu'elle arriverait aussi vite que possible.

À son arrivée, elle vit le vieil homme immobile. Max et Tim étaient restés à ses côtés, impuissants. Jamais elle n'avait constaté un tel désordre chez lui. Elle s'approcha et lui parla doucement. Il demeurait silencieux, évitant son regard. Il semblait s'être réfugié dans un autre monde.

— Grand-papa reste muet et jeûne depuis des heures, résuma Max.

— Il ne cesse de pleurer, dit Tim à sa mère.

Puis Max lui raconta dans quel état il l'avait trouvé à son réveil. Sa mère en avait suffisamment entendu. Elle prit une décision sur-le-champ.

— Les garçons, emmenez votre grand-père à l'auto pendant que je prépare ses bagages. Il doit voir un médecin de toute urgence. Il fait une dépression, je le crains.

— Toute cette peine pour une simple médaille ! s'exclama Max.

— Elles sont comme ça, les vieilles personnes, répliqua sa mère. Si grand-père fait une dépression nerveuse à son âge, il deviendra rapidement très malade. Il pourrait même ne pas s'en remettre et en mourir !

Mourir ! En entendant ce mot, Tim fut pris de panique. Il adorait son grand-père. L'idée de le perdre à tout jamais le fit frémir.

— Et si sa médaille était restée dans la maison où a grandi papa ? dit-il à son frère.

Tim prit la résolution d'aller jeter un œil dans l'ancienne demeure. Il trouverait un moyen de s'y rendre, de l'explorer, d'en fouiller chaque centimètre, de quadriller chaque pièce. Il devait trouver cette médaille à tout prix !

CHAPITRE 3

La maison
abandonnée

Le chant des oiseaux avait réveillé Tim très tôt le matin. Étendu sur son lit, il se tournait dans tous les sens. Il aurait bien voulu se rendormir, mais dans sa tête se succédaient des images de médailles, d'un grand-père mourant et de maison abandonnée. N'en pouvant plus, il se leva et à pas feutrés, il alla rejoindre son frère dans sa chambre. À voix basse, il lui fit part de ses intentions.

— Grand-papa est très malade. Je dois aller là-bas trouver sa médaille. Sa vie en dépend.

Tim était convaincu que le vieil homme l'avait tout simplement oubliée et que la trouver guérirait tous ses maux.

Max aussi se rendait compte de l'importance qu'avait cette médaille, surtout depuis l'hospitalisation de son grand-père, mais il doutait de la possibilité de la retrouver. Il essaya de dissuader son cadet.

— Personne n'habite cette maison depuis longtemps, tu sais ? Seras-tu assez courageux pour aller t'y promener seul ? Elle est abandonnée depuis le décès de grand-maman. Il est même probable qu'un fantôme y rôde. Tu es trop peureux pour te lancer dans une telle entreprise ! Je te connais.

— Tu dis ça, Max, mais toi, serais-tu assez courageux ? répliqua Tim du tac au tac.

— Oserais-tu me lancer un défi ?

— Oui ! Je te crois trop dégonflé pour venir avec moi chercher la médaille de grand-père.

— Moi, dégonflé ? Eh bien ! Je te prouverai le contraire. Si c'est ce que tu penses, je t'accompagne. Nous verrons bien qui de nous deux sera le plus brave.

Une poignée de main scella leur entente. Tim était soulagé de n'être pas seul dans son entreprise et Max estimait quant à lui qu'il pourrait une fois de plus démontrer sa supériorité ; il était l'aîné après tout.

Leur rivalité les avait déjà entraînés dans de folles aventures. Lors de leur dernière bravade, ils s'étaient promenés dans les égouts de la ville. Ils avaient eu une telle frayeur qu'ils s'étaient juré de ne plus recommencer, promesse vite oubliée. Ils n'avaient jamais vécu une expérience aussi éprouvante. Ils s'en souvenaient clairement, comme si cela s'était passé la veille. Un vrai voyage aux enfers, « une balade dans les entrailles de la Terre », avait dit Max. Ils étaient descendus dans les canalisations souterraines et en étaient ressortis quelques rues plus loin. Quelle aventure ! Ils avaient eu si peur. Ils y avaient rencontré des rats répugnants, des légions de grenouilles et ils avaient marché dans la... Ils s'étaient même perdus dans les dédales des tunnels. Cette simple aventure avait rapidement tourné au cauchemar. Mais leur plus grande hantise avait été de rencontrer des alligators, ce qui ne s'était évidemment pas produit. Ce voyage dans les égouts de la ville semblait facile comparé à ce nouveau défi.

Max se mit à réfléchir. « Entrer dans une maison abandonnée, tout le monde peut faire ça. Explorer un endroit lugubre où possiblement habitent des fantômes, ça fait peur, mais ça peut aussi s'avérer très amusant. Ce doit être la même chose qu'à la fête foraine. Se promener dans un lieu où personne n'habite depuis si longtemps, nul besoin d'être très audacieux ! » Enfin, c'est ce qu'il croyait.

Le jour même, après s'être informés de l'emplacement de cette fameuse maison auprès de leur père, les deux garçons décidèrent d'aller explorer le quartier où elle se trouvait. Ils firent la connaissance de plusieurs jeunes du voisinage. Ceux-ci leur racontèrent plein d'histoires. Ils croyaient cette demeure possédée par de mauvais esprits. Parfois, la nuit, on y apercevait des lumières et, fréquemment, on entendait d'horribles hurlements. Jamais personne ne s'y aventurait pour jouer. Si par accident une balle roulait sur son terrain, on l'abandonnait tout simplement.

« Ces fables sont peut-être vraies après tout », pensa Tim. À bien la regarder, cette maison avait l'air hantée. Son allure suggérait l'épouvante : le balcon chambranlant et délabré, les rideaux déchirés, la peinture écaillée, les lucarnes menaçant de s'écrouler, les portes et les fenêtres pour la plupart barricadées.

Devant cette ruine, des herbes folles, des chardons et de l'herbe à puce foisonnaient. Au cœur de cette friche vieillissait un arbre gigantesque, centenaire. Il donnait l'impression de pouvoir se déplacer. Par grand vent, ses longues branches s'animaient tant qu'elles semblaient vouloir attraper les curieux qui oseraient s'aventurer dans les parages.

Au dire des jeunes du voisinage, aucun être vivant ne se hasardait sur le terrain de la maison abandonnée. Même leur grand-père n'y était jamais retourné. Elle donnait la chair de poule, murée dans l'oubli.

Après quelques jours de discussions et de préparation arriva le moment fatidique de l'aventure véritable. En fin de journée, les parents partirent pour une soirée au cinéma. Habituellement, lorsqu'ils sortaient, Max s'occupait de son petit frère. Il n'avait eu au départ aucune intention de participer à son projet, même pour faire plaisir à son grand-père ; Tim toutefois lui avait lancé un défi irrésistible, impossible à refuser. De toute façon, il existait peu de chances qu'ils trouvent cette médaille, mais il avait donné sa parole. Pour se mettre dans l'ambiance, il taquina un peu son cadet.

— Tu es trop peureux pour y entrer tout seul ! Ce sera vraiment angoissant, tu sais, dangereux même ! Tu auras tellement la frousse que tu en feras pipi dans ton pantalon !

— Je suis brave, Max. J'ai déjà relevé de plus grands défis, tu te souviens ?

— Bien sûr, dit-il, l'air railleur. Allons-y, nous sommes prêts !

Max et Tim se mirent en route. Le cadet s'inquiétait, mais ne le laissa pas paraître. Le souvenir de la balade dans les égouts demeurait toujours très présent dans son esprit. Frondeur, Max lui demanda :

— Tu as déjà peur, n'est-ce pas ? Avoue !

Malgré ses craintes, Tim rétorqua :

— Tu ne réussiras pas à m'effrayer, Max. Je suis prêt ! Je vais trouver cette médaille et la donner à grand-papa, tu verras !

Les garçons s'assurèrent du bon fonctionnement de leur lampe de poche puis enfourchèrent leur vélo et partirent en direction de la maison abandonnée.

Quelques minutes plus tard, elle se dressait devant eux. Debout sur le trottoir, les deux frères hésitaient. S'ils tremblaient un peu, c'était sûrement à cause du froid. Secrètement, les deux comparses s'interrogèrent sur l'envergure de ce défi, peut-être trop difficile à relever. Certains de leurs amis avaient prétendu qu'ils étaient des mauviettes et des poules mouillées. Une fausseté évidemment : ils l'avaient prouvé à maintes reprises. Mais aujourd'hui, l'inquiétude les tourmentait et il était hors de question de perdre la face. D'un commun accord, ils décidèrent de s'avancer dans la cour.

Leurs pas résonnaient sur le pavé. D'après ce qu'on leur avait dit, tout le monde craignait de s'aventurer plus loin. Prenant leur courage à deux mains, ils posèrent délicatement le pied sur ce qui, autrefois, avait été une pelouse. Ils redoutaient qu'une chose terrible se produise. N'eût été du défi lancé par Tim, Max se fût abstenu de traîner là, surtout à l'approche de la nuit.

Pétrifié, Tim se demandait combien de ballons les jeunes du quartier avaient perdus dans cette cour. Max était posté au pied de l'arbre. Lui aussi était craintif, mais il se gardait bien de le montrer. Pour apeurer son frère encore un peu plus, il raconta une histoire à propos de la maison, une histoire à dormir debout. Bien avant son achat par leur grand-père, un propriétaire s'était pendu à l'intérieur, mentionna-t-il avec un geste de la main au-dessus de sa tête, imitant une corde tendue.

— C'était un professeur fou, expliqua Max. Il faisait des expériences dans son laboratoire : des tests biologiques sur la mutation des animaux. Il restait toujours enfermé. Lorsqu'il s'est suicidé, son corps s'est volatilisé. On raconte qu'il se serait métamorphosé en fantôme. Il se promène la nuit pour attraper les chats. Il les transforme en...

— Arrête, Max ! Ça ne marche pas. Tu ne me fais pas peur.

Max se mit à rire. Un rire sonore, rauque et cruel qui se répercuta dans la nuit.

— Les jeunes du voisinage ne se souviennent pas avoir vu un chat ou un chien se promener dans les rues. Eh bien ! Tu en as vu, toi, un animal depuis notre arrivée ? Il n'y en a plus. Le professeur fou les a tous attrapés. Plus personne n'a de chats. Plus personne n'a de chiens. C'est le fantôme de la maison qui...

Il laissa sa phrase inachevée. Il recommença son ricanement glacial à donner des sueurs dans le dos.

— À bien y penser, admit Tim, c'est vrai qu'aucun chien n'aboie jamais ici. C'est inhabituel.

— Dès que quelqu'un s'en procure un, continua Max, celui-ci disparaît mystérieusement, pour toujours. C'est la faute au professeur fou, disent les ados du quartier.

Après un bref arrêt, il continua :

— Mon frère, tu vas maintenant entrer dans la maison, chercher la médaille de grand-papa, et en ressortir vivant, je l'espère. Alors, bon courage ! Je t'attends ici, au pied de l'arbre.

— Non, mais tu viens avec moi, Max ! bredouilla Tim. Tu l'as promis ! Tu m'accompagnes, sinon tu prouves ta lâcheté !

Max n'avait pas le choix ; Tim le savait. S'il se désistait, il perdait la face. Les deux complices avancèrent donc dans les hautes herbes. Arrivés devant le balcon, ils se figèrent, incapables de faire un pas de plus. L'obscurité et le silence habitaient la demeure. Le vent se levait et le coucher du soleil créait des ombres étranges sur la façade grisâtre.

« Et si l'histoire de Max était véridique ? » pensa Tim.

Que s'était-il vraiment passé dans cette maison ? Pourquoi les chiens et les chats avaient-ils disparu du quartier ? Il détestait toutes ces questions sans réponses. Oserait-t-il continuer, malgré ses appréhensions ?

CHAPITRE 4

Des bruits inquiétants

Dans le crépuscule, le bleu du ciel virait peu à peu à l'orangé, annonçant du beau temps pour le lendemain. Pour secouer son frère, Max lui donna une bonne claque dans le dos. Ils se décidèrent enfin à grimper les marches du balcon. Les deux garçons examinèrent la porte barricadée. Les quelques planches pourries qui l'obstruaient cédèrent facilement. Acharnés, ils parvinrent à débloquer les gonds rouillés. Un grincement, tel un cri strident à glacer le sang, se fit entendre.

Les deux frères étaient très nerveux, inquiets même. Ils allaient enfin pénétrer dans la maison abandonnée. Plus question de reculer.

En franchissant le seuil, ils retinrent leur souffle. Ils y voyaient à peine. Seul un faible jour traversait les fenêtres brisées. Le vent faisait danser les rideaux en lambeaux. L'endroit leur paraissait si lugubre...

— Que fait-on ? dit Tim.

— On continue, voyons. Quelle idée ! Tu veux que je raconte à tous tes amis, à toute l'école et à tout le quartier quel froussard tu es ? Tu veux décevoir grand-papa ?

— Mais non, répondit Tim.

Au fond, Max aussi était effrayé. L'aîné mit la main dans celle de son frère pour se réconforter. Celui-ci fut tellement surpris qu'il poussa un cri.

— Fais attention ! On pourrait nous entendre. Souviens-toi qu'il nous est interdit d'être ici. Si nos parents l'apprenaient, on serait punis.

Ils progressèrent lentement dans le vestibule. Il y faisait encore plus sombre. Max actionna le commutateur. Clic. Clic. Clic. Rien, toutes les lumières demeuraient éteintes.

— Ils ont dû couper le courant. Grand-papa a probablement oublié de payer ses factures d'électricité.

— Allumons nos lampes de poche.

— Bonne idée. On y verra un peu plus.

Ils risquèrent un autre pas puis... Clac ! Le vent referma la porte derrière eux et les fit sursauter.

La lumière des lampes projetait des ombres spectrales sur les murs et sur le plancher. Du verre brisé recouvrait le sol. Ils entendaient le vent siffler entre les planches protégeant les carreaux fracassés. Les lattes craquaient sous chacun de leurs pas.

— Tu crois que le plancher est solide ?

— J'en doute, mais on n'a pas le choix.

— Regarde dans quelle condition se trouve la maison. C'est incroyable !

Les garçons étaient étonnés que la demeure où avait grandi leur père ait dépéri à ce point. C'était à se demander comment elle tenait encore debout.

Guidés par leur lampe, les garçons avancèrent à pas feutrés, prenant garde où ils mettaient les pieds, faisant geindre le plancher et crisser les éclats de verre. Le moindre bruit les faisait sursauter.

À pas de loup, les deux compères parvinrent au bout du corridor et se trouvèrent face à quatre portes closes. Un choix difficile s'offrait à eux. Avec de la chance, ils espéraient trouver la médaille dans la première pièce explorée et ainsi quitter cet endroit sinistre au plus vite.

Tout à coup, un bruit étrange s'éleva.

— Tu as entendu ça ? Quel bruit affreux !

On aurait dit une plainte suivie d'un sifflement : un son horrible à vous faire claquer des dents.

— C'est comme une respiration, non, un ronflement, dit Max, le cœur serré.

— Co... co... comme le sou... sou... souffle de quelqu'un qui expire, bégaya Tim.

— Et si c'était le fantôme du professeur fou ? reprit-il en couinant.

— Tu crois à mon histoire ? dit Max d'un ton mal assuré.

— Non, mais...

— Tu crois aux fantômes, maintenant ?

Le bruit retentit de nouveau.

— Le fantôme du professeur fou ! s'exclama Tim.

— Mais non, arrête, répliqua Max fermement, j'ai essayé de te faire peur. Je l'ai inventée, cette histoire ; elle est totalement fausse.

Il regrettait amèrement de lui en avoir fait le récit maintenant qu'il se trouvait plongé lui aussi dans le feu de l'action.

— Mais d'où viennent tous ces bruits ?

— C'est sûrement le vent, répondit Max, rassurant. Dépêchons-nous de trouver cette médaille et sortons d'ici au plus vite.

— J'ai très peur, chuchota Tim.

— Moi aussi, admit Max.

Les mains de Tim étaient moites et il tremblait de frayeur. Les deux garçons demeuraient indécis devant les quatre portes.

— Tu crois que l'on devrait ouvrir ?

— On n'a pas le choix, voyons.

Tout en lui posant la question, Tim se réfugia derrière son frère. Brusquement, Max poussa une première porte.

— Allons-nous découvrir le fantôme du professeur fou ? demanda Tim.

— Mais arrête avec cette histoire ! Je te le répète, je l'ai inventée de toutes pièces.

La lampe balaya une grande pièce vide qui n'abritait aucun revenant. Tim s'apaisa quelque peu. Il n'y avait là ni boîtes, ni coffres, ni meubles, aucun endroit où cacher une médaille.

— Sortons d'ici, suggéra Max.

Dans le corridor, la plainte sifflante se fit de nouveau entendre, plus intense cette fois.

Faisons vite ! s'exclama Tim.

Le temps s'écoulait très lentement. N'écoutant que son courage, Max tenta d'ouvrir une autre porte. Peine perdue : elle était coincée.

— C'est inutile. Essayons une autre pièce, insista Tim, qui voulait à tout prix sortir de cet enfer.

— Nous devons explorer chaque chambre, décréta Max.

Galvanisés par le bruit envahissant toute la maison, les garçons redoublèrent d'ardeur et réussirent à ouvrir la porte récalcitrante.

— Regarde, un escalier !

Max se tut. En d'autres circonstances, il aurait émis une remarque désobligeante à propos du constat inutile de son petit frère. Pas cette fois.

— Il mène au sous-sol. Allons voir. Il y a peut-être de vieux meubles en bas !

— Et si c'était le laboratoire du professeur fou ? demanda Tim.

— Mais arrête, une fois pour toutes !
s'impatienta Max. Je te le répète, il n'y a
pas et il n'y a jamais eu de professeur fou !
Il n'a jamais existé ; ne m'en parle plus !

— Mais Max, on dirait que les bruits
proviennent d'en bas !

Tim avait raison. Même Max l'admit.
Leur respiration s'accéléra soudainement.
Ils étaient paralysés. Ils avaient peur, vraiment peur. Jamais dans leur courte vie ils
n'avaient été aussi effrayés. D'un pas hési-
tant, Max mit le pied sur la première
marche, puis sur la seconde. Tim fit de
même. Les deux garçons descendirent à
pas de tortue. Leur cœur battait la cha-
made. Les marches craquaient plus encore
que le plancher. Le vacarme devenait
étourdissant : un son démoniaque de hurlements, de jappements, de miaulements.
Pire, une odeur infecte flottait dans l'air,
leur donnant la nausée. Ils se couvrirent le
nez pour en atténuer l'intensité.

Lorsqu'ils eurent atteint la toute derrière marche, tous les bruits s'estom-
pèrent. Stupéfaits, les deux garçons éclairèrent la pièce. Ils furent étonnés de le
constater, mais le sous-sol ne leur réser-

vait aucune surprise : la pièce semblait ne
contenir que de la poussière et des toiles
d'araignées.

Réalisant qu'ils devraient chercher la
médaille ailleurs, ils projetaient machina-
lement le faisceau faiblissant de leur
lampe sur les murs lorsque Tim s'écria :

— Regarde Max, il y a des points
jaunes partout ! C'est si étrange ! Qu'est-ce
que c'est ?

En effet, c'était bien étrange. Il s'agissait non seulement de points jaunes,
mais...

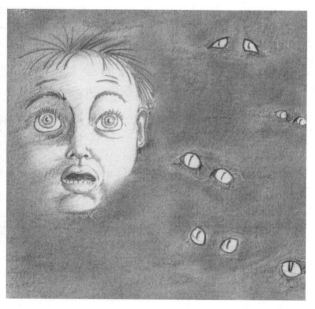

— Des yeux, ce sont des yeux, des dizaines de paires d'yeux ! s'exclama Tim, pétrifié. Et ils nous observent.

Tim et Max poussèrent un cri :

— Arrrr ! Des chats ! Ce sont des chats !

— Les chats du professeur fou ! Les chats mutants transformés ! hurla Tim.

— Au secours ! À l'aide ! s'époumonèrent les deux garçons complètement terrorisés.

Blancs de peur, criant à tue-tête, ils grimpèrent l'escalier à la vitesse de l'éclair. Ils entendirent les animaux s'élancer à leur poursuite.

— Vite, ferme la porte !

Tous deux, le souffle court, la claquèrent de toutes leurs forces et se laissèrent choir sur le plancher du corridor. Les animaux s'agitaient derrière la cloison : ils galopaient dans l'escalier, ils grattaient la porte, miaulaient, grognaient et poussaient des hurlements. C'était horrible ! Les garçons avaient de la difficulté à respirer, complètement affolés. Ils avaient découvert les chats transformés du professeur fou. Tim le croyait fermement.

— Mais si les chats sont ici, le professeur fou y est aussi ! On pourrait rencontrer son fantôme !

Tim poursuivait sur sa lancée :

— Et si les chats réussissent à ouvrir la porte ? Nous devons partir d'ici au plus vite.

— La porte est bien fermée, répondit Max en essayant de se tranquilliser. On doit garder notre sang-froid ; de toute façon, il n'existe aucun professeur fou.

— Alors, explique-moi ! D'où viennent ces chats ? Vas-y, raconte ! exigea Tim. Qui sait quelles sortes d'expériences le professeur a faites sur eux ? Qui sait en quelles sortes de bêtes il les a transformés ? Il a peut-être réussi à en faire des chats monstrueux...

— Arrête ! Calmons-nous d'abord.

Max s'expliquait mal ce qui arrivait. Il avait inventé cette histoire à dormir debout et voilà que maintenant, elle se réalisait. Quitter cet endroit était une solution sensée.

— Retournons par la porte d'entrée ! proposa-t-il.

Après une courte réflexion, Tim répondit :

— Je préfère continuer malgré ma peur, malgré les animaux sauvages, malgré...

— Mais alors, qu'est-ce qu'on fait ? répliqua Max.

— Pourquoi veux-tu que je décide ?

— C'est ta faute ; tu nous as mis dans ce pétrin. Tu nous as conduits dans cette folle aventure. C'est toi qui tiens tant à retrouver cette médaille.

— Ça alors, c'est bien la première fois que tu me laisses commander ! D'habitude, tu prends toujours toutes les décisions. Avoue-le : tu ne sais plus quoi faire ! Admets ta peur !

— Allez, dépêche-toi ! Prends une décision ! le pressa Max.

Abandonner ou continuer ? Ils couraient beaucoup de risques en persévérant, il le savait. Cette maison était tout sauf rassurante. Elle était devenue dangereuse.

CHAPITRE 5

Le cadavre du professeur fou

Adossé contre le mur du corridor, Tim réfléchissait. Au fond de son âme se déroulait un combat d'une grande intensité. Il voulait à tout prix trouver la médaille de son grand-père et prouver à Max qu'il était capable, lui aussi, de prendre des décisions difficiles. Il avait la possibilité de lui clouer le bec une fois pour toutes. Une rare occasion se présentait de démontrer qu'il était courageux, peut-être même plus que Max. Il désirait continuer d'explorer la maison, mais le vacarme incessant des animaux l'empêchait de se concentrer.

— Mais pourquoi tiennent-ils tant à sortir ? demanda-t-il à Max.

— Ils sont peut-être retournés à l'état sauvage, répondit-il. Fichons le camp !

Intuitivement, Tim prit une décision.

— Non, déclara-t-il, on continue ! Nous avons encore quelques pièces à inspecter. La prochaine sera la bonne, j'en suis certain !

Tim venait de puiser en lui le courage nécessaire à la poursuite de sa quête. Même Max en était impressionné. Il ressentait une grande fierté envers son frère, mais il se retint bien de le lui dire. Sans attendre, les deux garçons s'engouffrèrent dans une autre pièce. Ils refermèrent soigneusement la porte derrière eux, de crainte d'être pourchassés par les animaux. Tim prit les devants pour la première fois depuis le début de cette folle aventure. Il se déplaçait sans trop regarder où il mettait les pieds. Bientôt, il trébucha et se retrouva ventre à terre. Occupé à regarder ailleurs, Max tomba sur son frère. Tim se retourna et identifia l'objet sur lequel ils venaient de buter. C'était un vieux tapis recouvrant une forme allongée. En regardant de plus près, il vit une tête hirsute en dépasser.

— Un cadavre ! cria-t-il. Le cadavre du professeur fou !

Les deux frères se mirent à hurler, traversèrent la pièce à toute vitesse et se retrouvèrent dans le corridor. La lampe de Tim commençait à faiblir.

— Si nos torches flanchent maintenant, nous serons vraiment dans de beaux draps.

L'idée de se retrouver dans l'obscurité complète lui déplaisait au plus haut point. Tim se mit à sangloter. Toutes ses nobles intentions, son rêve, son courage, tout s'éteignait en même temps que la lumière de sa lampe.

— Nous sommes coincés dans une maison abandonnée avec une meute d'animaux sauvages à nos trousses et le cadavre du professeur fou à nos côtés, murmura-t-il entre deux reniflements.

Max réussit à reprendre ses esprits. Ils n'avaient pu trébucher sur le cadavre du professeur fou, encore moins sur son fantôme, il le savait. Il se demandait tout de même comment cette histoire, son histoire, semblait se concrétiser. Il alla voir de plus près. Sa curiosité l'incita à s'approcher du corps. Tim devina l'intention de son frère.

— Max, arrête ! Non, ne fais pas ça, éloigne-toi de lui ! pleurnicha-t-il. C'est trop dangereux.

Terrifié, le cadet s'affala dans un coin de la pièce, ramena ses genoux sur sa poitrine et cacha son visage dans ses mains.

Max resta silencieux. Il se dirigea prudemment vers le corps inerte. Un désir envoûtant le poussait à regarder. Le faisceau éclaira l'homme, ou du moins ce qui paraissait être un homme.

— Ça ne peut être le professeur fou, dit-il. Il existe seulement dans mon imagination.

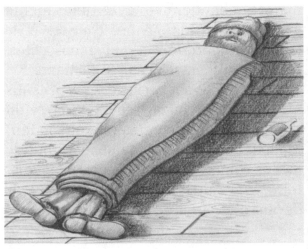

Il s'approcha encore un peu et se pencha pour mieux voir. Une immense barbe grise camouflait un visage hideux. L'homme avait de longs cheveux ébouriffés dépassant d'une tuque noire. Il demeura immobile.

Max n'avait jamais vu de cadavre. Il se demandait bien à quoi pouvait ressembler le visage de la mort. Il pourrait ainsi s'en vanter auprès de ses amis à l'école. Il se pencha davantage. Une odeur infecte l'étreignit. La vue du défunt lui devint insupportable et la puanteur le fit vaciller : cet homme en putréfaction devait être mort depuis belle lurette. Il eut un haut-le-cœur et le contenu de son dernier repas passa bien près d'éclabousser le plancher. Reprenant vite ses sens, il s'éloignait à reculons lorsque le corps remua. Perdant tout contrôle, Max hurla :

— Au diable la médaille ! Quittons cette maison au plus vite !

Les deux frères devaient tout d'abord contourner ce corps, qui se tortillait maintenant dans tous les sens et leur barrait la route. Un cadavre animé ne présage rien de bon. Ils entendirent alors des grognements presque inaudibles en émaner. L'angoisse des garçons fit place à leur instinct de survie. Tous deux bondirent par-dessus le mort grouillant et s'élancèrent hors de la pièce.

— Vite ! Essayons cette porte, s'exclama Max en la montrant du doigt.

Celle-ci s'ouvrit sur un petit escalier très étroit. Max ne réfléchissait plus, il réagissait. Il grimpa les marches quatre à quatre. Tout ce qui importait, c'était de s'éloigner de cette charogne. En haut de l'escalier, une trappe permit aux deux garçons de s'engouffrer dans une pièce immense. Max referma soigneusement la trappe derrière eux, craignant une éventuelle poursuite.

— Que fait-on, maintenant ? demanda Tim en essuyant les larmes qui inondaient ses joues.

Max s'accroupit le long du mur, hors d'haleine.

— Max, que fait-on ? répéta Tim.

— Je ne sais pas. Tu as une idée, toi ?

Les deux garçons parcouraient du regard la pièce baignée de pénombre. Ils comprirent qu'ils se trouvaient dans le grenier de leur grand-père. Leurs lampes faiblissantes éclairèrent les cloisons de leur vaste refuge.

— Ce grenier a la superficie de la maison tout entière ! évalua l'aîné.

— Max, dit Tim ébahi. Regarde ! C'est incroyable !

Les deux garçons furent si impressionnés, qu'ils oublièrent momentanément la raison de leur présence dans cet endroit si sombre. Les bruits diaboliques, les animaux monstrueux, le corps mort qui gesticulait, plus rien ne comptait à leurs yeux. Le spectacle s'offrant à eux leur rappelait soudain le but de leur mission.

— Quel désordre ! dit Tim. Grand-papa est probablement passé ici avant nous.

— C'est impossible, il avait même oublié l'existence de sa maison. Quelqu'un d'autre est venu. Tant pis.

— La médaille se trouve sûrement ici, s'exclama Tim tout excité. Vite ! Commençons à fouiller.

— Soyons méthodiques dans notre recherche. Souviens-toi, cette médaille est très petite.

— Mais il y a tant de vieux meubles, d'objets de toutes sortes et de boîtes... Il nous faudra plusieurs heures !

— Plus vite nous commencerons, plus vite nous en aurons terminé. On la trouvera, sa médaille, dit Max avec confiance. Si grand-papa l'a oubliée quelque part, c'est forcément ici, dans tout ce débarras.

— On dirait une boutique d'antiquités. Ça me rappelle ma dernière sortie de classe. Nous sommes allés au Musée des civilisations. Il y avait tout plein de vieilleries comme ici. Ça doit avoir plus de cent ans, dit Tim qui, déjà, inspectait chaque objet.

— Je dirais même plus : ça doit avoir plus de cent ans ! précisa Max, imitant ainsi les frères Dupond et Dupont dont Tim aimait tellement les aventures.

Tim se souvenait du guide au musée. Celui-ci avait expliqué, à propos de toutes les choses anciennes qu'il leur montrait, qu'elles étaient rarissimes.

— Tu sais, Max, tout ça vaut peut-être plusieurs milliers de dollars. Tu imagines : si grand-papa vendait le contenu de ce grenier, il deviendrait riche !

Max trouvait cette histoire de musée et de fortune trop incroyable pour y prêter attention. Pour lui, tout ce qu'il voyait était bon pour la poubelle.

— Ce sont des cochonneries et grand-papa les avait rejetées. C'est pour cela qu'il les a rangées au grenier.

— Tu te trompes, Max, notre prof à l'école a dit...

— Arrête ! De toute façon, on est ici pour chercher la médaille. Trouvons-la et partons de cette maison maudite. On doit être de retour avant nos parents et il se fait tard.

— Tu as raison. Dépêchons-nous !

Ils n'avaient plus peur : un silence bienfaisant avait succédé au tapage infernal des animaux.

Ils prirent grand soin d'ouvrir chaque coffre, chaque boîte, et de bien en examiner le contenu. La plupart étaient vides ; les autres renfermaient des chiffons et des accessoires sans aucune valeur. Plus ils agitaient tout ce fatras, plus ils déplaçaient la poussière. Les fines particules accumulées au fil des ans formèrent bientôt un épais brouillard de saletés. Leurs yeux piquaient et ils se mirent à éternuer.

— Arrête, Max ! cria Tim en toussotant. Arrête, j'étouffe !

Le nez de Max coulait et il se mouchait bruyamment. Tout ce brouhaha alarma une colonie de chauves-souris ayant élu domicile sous les combles. Dans un énorme bruissement d'ailes bien coordonnées, comme seuls ces mammifères savent le faire, elles prirent leur envol et se mirent à tournoyer dans la pièce.

— Mais qu'est-ce que c'est ? demanda Tim.

— Que se passe-t-il encore ? s'exclama Max.

D'un geste simultané, ils se jetèrent à plat ventre sur le sol. Max rampa ensuite jusqu'à son petit frère pour le rassurer.

— N'aie pas peur, ce sont des chauves-souris brunes ! Elles sont inoffensives. Tu en as déjà vu chez grand-papa, tu te souviens ?

Max connaissait bien les chauves-souris et savait qu'elles ne s'attaquent pas aux humains. Il n'en avait jamais observé autant à la fois. Des dizaines et des dizaines de chauves-souris voletaient au-dessus de leur tête.

— Mais elles vont nous mordre ! cria Tim tout en se blottissant contre son frère.

Max, assis, admirait le spectacle.

— N'aie pas peur ! lui répéta-t-il. Elles sont toutes petites, elles ne pèsent pas dix grammes.

— Elles vont s'agripper à mes cheveux ! hurla Tim.

— Mais non, ce sont des histoires de grand-mère. La vérité, c'est qu'elles sont parfois porteuses de la rage et qu'elles peuvent la transmettre par une simple égratignure. On doit toujours être prudent avec elles. Les manipuler pourrait s'avérer très dangereux, mais si on les laisse tran-quilles, elles nous ignorent. L'été, les femelles se réfugient dans les greniers pour s'occuper de leurs petits.

Max était fier d'étaler ses connais-sances. Il aimait impressionner son frère.

— Regarde, elles sortent par la lucarne.

Après avoir fait quelques tours dans le grenier, les chauves-souris s'évanouirent dans la nuit. Leur chasse aux insectes allait débuter.

— Tu vois, dit Max, elles sont toutes parties.

Les deux frères s'approchèrent de la fenêtre et regardèrent s'éloigner ces fabuleux mammifères volants, ces créatures nocturnes que Max adorait, mais qui inspiraient tant de méfiance à Tim.

— Regarde, dit Max. Là, en bas, dans la cour arrière !

— C'est vraiment curieux. Pourquoi une camionnette viendrait-elle se garer ici ?

Il se faisait tard. La soirée était déjà bien avancée. Un faible rayon de lune se frayait un chemin à travers la lucarne d'où les deux frères observaient une scène étrange.

CHAPITRE 6

L'arrivée
des malfaiteurs

La chaleur étouffante du grenier et la poussière en suspension incommodaient les deux aventuriers. Tim et son frère Max virent deux hommes costauds et trapus sortir d'une camionnette. Ils transportaient des cages et se dirigeaient vers l'arrière de la maison.

— Mais que font-ils ? chuchota Tim. C'est la maison de grand-père... Il leur est défendu d'être ici.

Les individus firent plusieurs allers et retours entre la maison et la camionnette. Ce petit manège dura quelques minutes, puis cessa. Ils étaient apparemment restés dans la maison. Leur va-et-vient avait piqué la curiosité de Max.

— Reste ici et continue de chercher la médaille, dit-il à son frère. Je vais voir en bas ce qui se trame.

— Non, je viens avec toi ! s'objecta Tim.

— Attends-moi et trouve cette médaille ! insista l'autre. Je vais simplement jeter un coup d'œil. Si deux étrangers viennent d'entrer dans la maison, je vois mal comment on fera pour sortir sans être vus !

— Ne me laisse pas seul ici, Max, je t'en prie !

— Ne fais pas le trouillard. Je reviens dans quelques minutes. Je dois aller voir ce qu'ils font pour planifier notre fuite en conséquence.

— Et les animaux ? Et le professeur fou ? demanda Tim, inquiet du danger.

— Quoi, les animaux ?

— Tu n'as pas peur ?

— Un peu, mais on ne les entend plus. Ils ont dû se calmer. De toute façon, ils sont au sous-sol et la porte est fermée, alors... Ne t'inquiète pas pour moi ! déclara Max, touché par la sollicitude de son frère.

Tim se sentait très peu rassuré. Il tenait à paraître brave aux yeux de Max.

L'absence de lumière l'inquiétait et allait nuire à ses recherches. Il voulait certes trouver la médaille de son grand-père, mais il détestait rester seul dans le noir.

Malgré cela, il surmonta ses craintes :

— Reviens vite et sois très prudent !

Sans plus attendre, Max ouvrit la trappe et descendit l'escalier. Il risqua un œil dans le couloir. Les deux individus de la camionnette en brutalisaient un troisième. Ce dernier se débattait tellement qu'il se libéra de la prise de tête et tomba lourdement sur le plancher. Les intrus étaient costauds et terriblement laids. Le premier portait une énorme moustache et l'autre avait d'épais sourcils noirs. Le moustachu cracha sur la victime étendue.

— Tiens, voilà pour toi ! proféra-t-il.

— Prends ça, dit l'autre en imitant son complice. Ça t'apprendra à mettre ton nez où il ne faut pas. On t'avait prévenu !

— Ne remets plus jamais les pieds ici ! Sinon...

Max reconnut leur souffre-douleur. Un pauvre clochard sans défense, le type qu'il avait cru mort. Les deux malfaiteurs le soulevèrent sans ménagement et le poussèrent dehors par la porte arrière. Le vagabond s'écroula sur le balcon. Max n'en pouvait plus d'assister à cette lutte inégale. Sans réfléchir aux conséquences de son acte, il sortit de sa cachette et vint à la rescousse du vagabond :

— Arrêtez ! Ça suffit !

Surpris, les tyrans abandonnèrent l'homme à son sort et firent volte-face. Max comprit subitement son erreur. Son cœur battait à tout rompre, martelait ses tempes et de grosses gouttes perlaient sur son front. Malgré sa peur, du haut de ses douze ans, il s'exclama :

— Que faites-vous ? Vous n'avez aucun droit d'être ici ! C'est la maison de mon grand-père. Allez-vous-en immédiatement !

— Tu vois ça ? fit remarquer le moustachu à son complice. Ce jeunot nous donne des ordres.

Menaçants, les malfaiteurs avancèrent vers Max qui n'en menait pas large.

— Mais qui es-tu ? demanda l'autre en ricanant. Que fais-tu dans notre repaire ?

Tout en parlant, l'homme qui semblait être le chef s'approchait tel un prédateur s'apprêtant à fondre sur sa proie. Puis, à la vitesse de l'éclair, il attrapa l'adolescent par le bras et le jeta violemment au sol. Pauvre Max ! Il ne faisait vraiment pas le poids. Cet homme, hideux, se pencha au-dessus de lui, si près que Max put sentir son haleine fétide. Il vit le regard empreint de méchanceté. Ses sourcils épais donnaient à son visage une expression de tueur. Avec sa barbe de plusieurs jours, il ressemblait à une caricature de bande dessinée. Seulement, Max n'évoluait pas dans l'univers amusant d'une bande dessinée. Il s'agissait de la vraie vie. Un homme affreux, méchant et sans scrupules le clouait réellement par terre.

— Que va-t-on faire de lui ? demanda son complice.

— Oh ! il nous aidera ! Nous avons beaucoup de travail à faire, cette nuit. C'est sûrement un de ces petits voyous du quartier. Il doit fuguer. Il est venu se planquer ici pour passer la nuit. Personne ne remarquera son absence et il fera le boulot à notre place. Demain, on décidera de son sort.

Max écoutait cette conversation, terrorisé. Il se mit à hurler. Il reçut une gifle et cria de douleur. Pour se venger, il attrapa la main du scélérat qu'il mordit de toutes ses forces. Ses dents s'enfoncèrent dans la chair, mais un autre coup au visage lui fit lâcher prise. L'homme aux sourcils épais et au regard méprisant souleva Max et le poussa vers l'accès du sous-sol. Max déboula les marches et termina sa chute, à demi conscient, au pied de l'escalier. Le moustachu, qui suivait juste derrière, l'enjamba et se rendit au fond de la cave où il mit en marche un petit appareil, une génératrice. Une faible lumière envahit les lieux. Max, terriblement étourdi, put tout de même remarquer des dizaines de chats et de chiens qui se terraient dans tous les coins. Ces pauvres animaux semblaient aussi effrayés que lui. Finis les hurlements, les jappements et les miaulements. Max se rendit bien compte que Tim et lui s'étaient imaginé le pire à leur sujet.

Seule la génératrice à essence meublait le silence. Le moustachu donna un coup de pied à un chaton qui avait eu le malheur de se trouver sur son chemin. Le garçon comprit immédiatement pourquoi les animaux craignaient tant ces hommes méchants, violents et sans scrupules. Max se risqua à poser une question.

— Pourquoi m'avoir emmené ici ?

— Silence ! hurla l'homme aux épais sourcils, le visage rougi par la colère. Fais ce qu'on te demande et, demain matin, on te laissera filer sans te faire de mal.

Il se tourna et dit à son complice en ricanant :

— Nous serons déjà loin avant qu'il n'alerte qui que ce soit.

— Prends ce filet et attrape la petite vermine qui traîne partout ! ordonna-t-il ensuite au garçon. Gare à toi si tu en oublies un seul !

Max obéit. Il savait qu'il valait mieux se taire et exécuter le travail, sous peine d'avoir à subir les sévices de ces truands. Il était couvert de bleus et avait mal à la tête. Malgré sa douleur, il eut une pensée pour Tim, resté seul au grenier. Le pauvre devait être mort de peur. Max espérait que sa recherche de la fameuse médaille l'absorberait assez pour qu'il attendît son retour sans s'inquiéter. La peur des supposés mutants et la présence du cadavre l'empêcheraient de venir le rejoindre, il en était certain.

Son attention se reporta sur les bêtes sans défense. Il essayait de les attraper, mais sans succès. Dès qu'il s'en approchait, elles s'enfuyaient. Les chiens montraient les crocs et les chats feulaient, oreilles rabattues. Les deux bandits s'impatientèrent.

— Regarde comment on travaille, l'incapable ! dit le moustachu en lui arrachant le filet des mains.

Et vlan ! il fondit sur un minuscule chaton abyssin. L'homme referma le piège sur lui, l'en extirpa et le jeta sans ménagement dans une cage, l'une de celles qu'ils avaient déchargées un peu plus tôt. Max redoubla ses efforts. Faute de capturer les chiots et les chatons, il risquait d'autres mauvais traitements.

Petit à petit, Max emprisonna les animaux de race. Il les déposait dans les cages avec la plus grande délicatesse et ceux-ci s'abstenaient de le griffer et de le mordre. Peut-être sentaient-ils sa gentillesse ? Max avait l'impression de travailler pour une bonne cause. Il n'était cependant pas dupe. Il savait qu'il faisait une sale besogne pour de très méchantes personnes. Sa sympathie pour les bêtes et sa curiosité naturelle l'amenèrent à poser une autre question.

— Qu'allez-vous faire d'eux ?

— Silence ! lui intima le moustachu en le foudroyant du regard.

Il poussa même l'audace jusqu'à demander :

— Est-ce que j'attrape aussi les plus gros, les adultes ?

— Je t'ai déjà dit de te taire !

— Non, rétorqua son complice. Tu laisses les parents, ils feront d'autres petits bébés. On pourra donc revenir une autre fois chercher leur progéniture. Pour ce qui est des petits, on va les vendre. Les animaleries nous paient bien pour ces saletés de bestioles.

Max venait de comprendre qu'il s'agissait d'un élevage illégal d'animaux de compagnie.

En dépit de l'éclairage tamisé, il constatait dans quel piteux état ils se trouvaient, surtout les parents. Ils vivaient dans des conditions tout à fait déplorables. Sales et malodorants, la plupart étaient maculés d'urine et couverts d'excréments. Plusieurs étaient blessés.

Max se fit la promesse de sortir indemne de cette fâcheuse situation. Il écrirait ensuite un article dénonçant la cruauté envers les animaux. Il ferait aussi une présentation orale à l'école, même s'il détestait parler en public. Il enverrait son article au journal local. Le scandale avait assez duré. Combien existait-il d'endroits semblables à celui-ci ? Il se jurait de tous les découvrir et d'en faire condamner les responsables. Il irait même jusqu'à rencontrer le maire, le premier ministre s'il le fallait ! On devait démanteler tous ces chenils clandestins. On devait sauver tous ces animaux maltraités.

Mais il lui fallait sauver sa peau avant de pouvoir rescaper tous les animaux martyrisés de la terre. Il réfléchissait à tout cela en poursuivant sa pénible tâche.

— Allez ! viens ici mon petit ! disait-il à voix basse. Je ne te ferai aucun mal. Viens !

Les cages se remplissaient peu à peu. Max se prit à souhaiter que dans quelques heures, voire quelques jours, ces êtres à poils connaîtraient de bien meilleures conditions d'existence. Il regrettait à présent sa couardise : Tim et lui avaient eu l'occasion de les libérer, mais la peur les en avait empêchés. Leur cachot ouvert, leur seule impulsion avait été de fuir, de s'évader, d'échapper à leurs ravisseurs. Ce qu'il devait faire, lui aussi.

Il pensa de nouveau à son frère. Tim devait sûrement se morfondre. Comment communiquer avec lui sans se faire remarquer des malfrats ?

CHAPITRE 7

Seul dans le grenier

Pendant ce temps, Tim terminait ses recherches dans l'immense grenier. Il avait fouillé partout et se laissait envahir par le découragement. La médaille restait introuvable. Le garçon s'assit sur une grosse malle en cuir et réfléchit, son visage plaqué au creux de ses mains, la gorge un peu serrée.

Il se demandait pourquoi Max tardait tant à revenir. Il se leva et s'approcha de l'escalier. Il hésitait à ouvrir la trappe. Il voulait descendre mais manquait de courage. Il regarda sa montre. Il était tard. La nuit était tombée depuis longtemps. Finalement, il se glissa dans l'escalier et tendit l'oreille.

Le silence régnait dans la maison : pas de bruissements d'ailes, pas de cris d'animaux étranges. Il perçut à la longue un faible ronronnement, comme le bruit d'un moteur.

Tim restait perplexe. Où pouvait bien être son frère ? Où étaient les deux hommes de la camionnette ?

Un grattement près de son pied attira son attention. Il sursauta et vit deux petits yeux rouges le fixer. Tim fit un pas en arrière, s'apercevant qu'il avait devant lui un énorme rat, tout à fait repoussant avec ses longues moustaches et sa queue traînante. Le rat ne semblait ni méchant ni agressif, mais simplement curieux d'identifier qui osait venir sur son territoire. Constatant la taille de l'intrus, il détala à travers le bric-à-brac du grenier.

Tim se remettait de sa surprise quand un autre bruit attira son attention. Dehors, une porte venait de se fermer. Il en était convaincu. Il rebroussa chemin et courut à la lucarne. Il vit clairement les mêmes hommes. Ceux-ci déposaient des cages dans le coffre de la camionnette. Il fut surpris d'apercevoir son frère à leurs côtés.

Au même moment, Max décidait d'alerter Tim. Il tenta le tout pour le tout. Il savait qu'à faire suffisamment de tapage, Tim viendrait à la fenêtre, du moins l'espérait-il. Il feignit de trébucher sur un obstacle inexistant et s'affala de tout son long en poussant un cri de douleur, auquel se combina le tintamarre des cages s'abattant sur le sol.

— Tais-toi, p'tit morveux, et travaille silencieusement, sinon je te bâillonne ! vociféra le moustachu.

Max espérait avoir réussi son plan. Il jeta un coup d'œil en direction de la lucarne : la noirceur l'empêchait de distinguer quoi que ce soit. Dans l'incertitude, il devait tenter autre chose.

L'idée de s'enfuir lui traversa l'esprit, mais le fait d'abandonner son petit frère, ne fût-ce que le temps de trouver du secours, lui semblait trop risqué. Il valait mieux rester et supposer que les malfaiteurs tiendraient leur promesse en le laissant libre après leur départ.

Posté à la lucarne, Tim assistait, impuissant, à cette scène. Il n'en croyait pas ses yeux. Pourquoi Max était-il à l'extérieur ? Qui étaient ces deux hommes ? Que voulaient-ils ? En tout cas, son frère était devenu leur prisonnier. Il ne pouvait en être autrement : l'homme était venu bien près de le frapper.

« J'aurais dû rester à la maison bien tranquillement, se dit Tim, rongé par le remords. Max jouant à ses jeux vidéo et moi, regardant mes émissions préférées à la télé. Je regrette tant cette aventure. Dans quel pétrin nous ai-je plongés ? »

Tim se parla à voix haute, juste pour se sentir moins seul. Captif de cette maison abandonnée dont il avait si peur, il n'entrevoyait aucun moyen de s'enfuir. Les animaux sauvages, le professeur fou, les malfrats, tout lui barrait la route.

La lune éclairait l'intérieur du grenier. Tim, adossé contre un mur, observait le rat vaquer à ses occupations. Le garçon réfléchissait. Sa mère se mit à lui manquer terriblement. Oh ! elle le réprimandait souvent, mais c'était généralement mérité.

— Enlève tes chaussures du divan ! Baisse le volume de la télévision ! Sois prudent ! N'entre pas trop tard ! lui répétait-elle fréquemment.

Qu'aurait-elle pensé de la situation actuelle ? Elle l'aurait puni pour le restant de ses jours, il en était convaincu !

Malgré les remontrances, les règlements, les querelles, Tim s'ennuyait tout à coup de l'environnement sécuritaire de sa maison. Désespéré, il pensait ne plus jamais revoir sa famille.

Max et les truands avaient complété leur besogne. Toutes les cages étaient chargées dans la camionnette.

— Qu'est-ce qu'on fait de lui ? demanda le moustachu.

— On le ficelle comme un saucisson et on le met au frais, répondit son acolyte en poussant Max à l'intérieur de la maison. Ça lui apprendra à fuguer. S'il s'en sort, il retournera chez ses parents et ne remettra plus jamais les pieds ici.

Max se laissait bousculer sans riposter. Son cauchemar tirait à sa fin. Les malfaiteurs semblaient tenir leur promesse. Ils l'enroulèrent dans le tapis ; le moustachu le ligota si fort que Max, à bout de forces, en perdit connaissance.

— Voilà une bonne chose de faite. Ça nous laissera le temps de filer avant son réveil.

Du grenier, Tim entendit le claquement des portes de la camionnette et le ronronnement d'un moteur. Les bandits s'en allaient. Il eut soudain très peur qu'ils emmènent Max avec eux. Sans attendre une seconde de plus, il se précipita jusqu'au bas de l'escalier et se rendit dans le couloir. Toutes les portes de la maison, sauf celle menant au sous-sol, étaient ouvertes. Il découvrit rapidement son frère gisant sur le sol, enroulé dans le tapis. Il accourut et s'agenouilla près de lui.

— Max ! Max !

Aucune réponse. Tim le crut mort.

— Maaaax ! hurla-t-il.

Puis, sanglotant, il se laissa choir à ses côtés.

— Arrête de pleurer, répondit Max, qui reprenait conscience.

— Est-ce que ça va ?

— Quelle question ! J'ai mal partout. Détache-moi ! Oh ! ma tête ! s'exclama-t-il. Je me suis fait une énorme bosse en tombant dans l'escalier !

— Ça ira mieux bientôt.

— Où sont les hommes ? demanda Max, sur la défensive.

— Ils sont partis, assura Tim.

Max n'entendit pas les propos rassurants de son frère. Il s'était de nouveau évanoui.

Tim, les mains tremblantes, essayait de détacher les liens retenant son frère prisonnier.

— Max ! Max ! lança Tim, réveille-toi !

Il avait à peine commencé à le libérer que des pas s'approchèrent. Terrorisé,

Tim se leva d'un bond. Il craignait le retour des deux escrocs. La silhouette du clochard apparut. Elle s'avança lentement. Tim avait très peur. Le garçon et l'intrus se toisèrent mutuellement. Tim comprit que cette apparition n'était pas le cadavre du professeur fou ni son fantôme, mais bien un homme en chair et en os. Celui-ci tournait les talons quand Tim cria :

— Attends !

L'ivrogne s'arrêta net. Il se retourna et posa sur Tim un regard inquisiteur.

— Aide-moi, s'il te plaît, supplia l'adolescent.

Il faisait pitié à voir avec son visage en larmes et ses yeux rougis. Le clochard s'approcha des frères et reconnut celui qui, un peu plus tôt, s'était interposé dans sa lutte contre les malfaiteurs. Il hésitait tout de même.

Peu à peu, Max reprenait ses sens.

— Max ! Max ! s'exclama Tim, tout heureux, relève-toi, on quitte cette maison maudite. Viens, on rentre chez nous.

Leur cauchemar s'achevait. Tim et le clochard aidèrent Max à se remettre debout.

— Max, regarde ! C'est stupéfiant ! Tout à fait incroyable ! Tu ne devineras jamais. Regarde !

— Quoi ? Qu'est-ce qu'il y a ? Que vois-tu ? demanda Max, encore tout étourdi.

De son doigt tremblant, il désignait le manteau du clochard. Max vit seulement un pauvre va-nu-pieds, vêtu de vêtements sales et déchirés.

CHAPITRE 8

Une découverte
fabuleuse

Le regard de Tim avait été attiré par une toute petite chose, très brillante, épinglée sur la veste du démuni. Celui-ci, de toute évidence, détestait se faire examiner ainsi, surtout si l'attention se concentrait sur son bien le plus précieux : la médaille. Cet objet faisait l'envie de tous les clochards et sans-abri de la ville. Il était habitué à ce qu'il éveille la convoitise. Il s'était même battu à plusieurs reprises pour le conserver. Il sursauta lorsqu'il entendit Tim dire à son frère :

— Max, c'est la médaille de grand-papa ! La Croix de Victoria !

— Est-ce possible ? demanda Max, confus. Il avait beau regarder, il ne voyait encore que des étoiles.

— Mais bien sûr ! Regarde ! Enfin, on vient de la trouver ! s'emporta Tim.

Ainsi, la médaille de son grand-père était finalement à portée de la main. Le cadet cherchait un moyen de se l'approprier, prêt à négocier pour l'obtenir. Il n'était pas question de rater une telle occasion. Max et lui avaient vécu un véritable enfer à cause de cette décoration de guerre.

Il en allait aussi de la survie de son grand-père. Tim fouilla dans ses poches et trouva quelques dollars et plusieurs pièces de monnaie. Il les offrit au clochard en échange de la médaille. Celui-ci refusa catégoriquement. Il pouvait récolter beaucoup plus, en quelques minutes, juste à quémander dans la rue. Devant son refus, Tim lui indiqua :

— Je veux cette médaille ; elle appartient à mon grand-père. Tu l'as trouvée dans le grenier, n'est-ce pas ? Alors, elle n'est pas à toi. Tu dois me la rendre !

Le vagabond ne bronchait pas.

— Tu aimerais quelque chose en échange ? Que veux-tu ?

— Rien, répondit l'autre. Elle est à moi ! Je la garde.

Il refusait de marchander et il ne voulait à aucun prix s'en départir. Tim continua tout de même sa négociation. Il haussa les enchères.

— Je t'apporterai un bon repas et encore plus d'argent.

— Non ! rien à faire, répliqua le clochard.

— Que puis-je te donner pour te faire changer d'avis ? insista Tim.

Le clochard se frotta le menton, puis ses doigts se courbèrent et il leva le coude. Tim, hébété, cherchait à comprendre la signification de la mimique. Le clochard expliqua :

— De l'alcool, beaucoup d'alcool, dit-il en se léchant les lèvres. Je veux aussi un nouveau manteau, ajouta-t-il fièrement.

Tim s'empressa de répondre :

— D'accord, je reviens demain avec tout ce que tu demandes. Ça te va ? Donne-moi la médaille maintenant.

— Non, refusa sèchement le clochard en hochant la tête. Tu dois d'abord m'apporter ce que je veux. Je te remettrai la médaille seulement à ce moment-là.

Tim n'avait guère le choix.

— Marché conclu !

Il offrit sa main couverte de crasse pour sceller l'entente.

Max vacillait encore sur ses jambes chancelantes. Tim le retint.

— Ça va aller, dit l'aîné. Je peux marcher. Il était trop orgueilleux pour supporter plus longtemps l'aide de son cadet et l'odeur du clochard lui donnait des nausées.

Pour sa part, le vagabond s'enroula dans le tapis encore chaud. Il s'endormit en rêvant au lendemain, quand Tim lui apporterait son formidable butin.

Les deux garçons sortirent à la hâte, enfourchèrent leur vélo et pédalèrent à toute vitesse dans la nuit. Leurs parents n'étaient pas rentrés. Sans doute finissaient-ils leur soirée à la discothèque, comme il leur arrivait parfois. Soulagés, les deux garçons s'emmitouflèrent sous leurs couvertures et tombèrent aussitôt endormis.

Le lendemain matin, lorsque Max et Tim se levèrent, leurs parents étaient déjà partis au travail. Max décrocha le téléphone et signala le numéro de son école.

— Bonjour, dit-il en imitant la voix grave de son père, ici Paul Desrosiers. Mes fils, Tim et Max, seront absents aujourd'hui. Ils ont un rendez-vous chez le médecin.

— C'est bien, monsieur, répondit la réceptionniste. Au revoir et merci.

— Hourra ! crièrent les garçons. Nous avons réussi !

— Max, tu imites si bien la voix de papa ! Elle n'y a vu que du feu ! On devrait faire ça plus souvent, tu sais !

— Et maintenant, j'appelle la Société protectrice des animaux, la SPCA. Ils doivent libérer ces pauvres bêtes retenues prisonnières dans le sous-sol. On passe ensuite chez le dépanneur et on achète tout ce dont on a besoin pour le remettre au clochard.

— Mais comment fait-on pour trouver de l'alcool ? demanda Tim inquiet.

— J'ai une solution, répondit Max. On achète du pain, du lait et d'autres gâteries. Ils nous connaissent bien au magasin, on y va souvent ; alors, on ajoute une bouteille de vin. Si la caissière nous questionne, on prend un air innocent et on dit que papa nous l'a demandée. Fais-moi confiance, ça fonctionnera.

— Comment peux-tu en être si certain ? questionna Tim.

— Je le sais, car je l'ai déjà fait, répondit Max, honteux.

— Tu as déjà acheté de l'alcool ? demanda Tim, sidéré.

Max se contenta de hausser les épaules. Tim le fusilla du regard.

— Max, cette fois-ci, on doit acheter beaucoup d'alcool, et pas seulement une bouteille. Je tiens absolument à cette médaille ! Je ne vais pas risquer de la perdre en n'apportant qu'une simple petite bouteille de vin !

— Tu as raison ! se contenta de répondre Max. Voici ce qu'on va faire. Je vais demander à Nick, tu sais, notre voisin... Il a dix-huit ans. Si on lui explique notre situation, il comprendra. Je suis persuadé qu'il acceptera de nous aider. Il achètera plusieurs bouteilles d'alcool pour nous. On n'aura qu'à lui confier notre argent de poche. Il ne va plus à l'école et il ne travaille pas encore. Il est forcément à la maison à cette heure. Allons le voir.

— Comment sais-tu qu'il acceptera ?

— Il l'a déjà fait, soupira Max, de nouveau embarrassé.

Tim n'insista pas. D'apprendre que son frère buvait de l'alcool en cachette le surprenait au plus haut point.

— Et pour le manteau ? demanda-t-il encore.

— On apporte le vieux manteau d'hiver de papa. Il ne le porte plus et maman voulait s'en débarrasser de toute façon.

Max, en grand frère prévenant, semblait avoir tout prévu. Leur plan avait toutes les chances de réussir.

— Bon, on y va ? dit-il. On nous attend à la maison de grand-père.

Les deux frères partirent à bicyclette. Tim était impatient de mettre la main sur la médaille et Max voulait à tout prix sauver ses pauvres animaux sans défense. Leurs achats effectués avec l'aide de Nick, ils poursuivirent leur route jusqu'à la maison abandonnée de leur grand-père. Arrivés devant le sinistre endroit, ils hésitèrent. Le souvenir de la veille les hantait.

— Tu crois que les bandits sont toujours là ? demanda Tim nerveusement.

— La camionnette n'est pas à l'arrière et, de toute façon, je ne viendrais pas en plein jour, à leur place.

Max tâta la bosse sur sa tête. Il était nerveux, lui aussi. D'un commun accord, ils avancèrent vers la maison. Le clochard les attendait à l'intérieur, bien assis sur son tapis. Son visage s'illumina et ses yeux s'agrandirent en voyant Max extirper les objets de son sac à dos. Tim lui donna le manteau. Il lui remit aussi du lait, des sandwiches, des petits gâteaux et des croustilles. Tim tendit la main, la paume vers le haut :

— Nous avons conclu un marché, dit-il. Donne-moi la médaille, maintenant !

Max choisit ce moment pour lui exposer le dernier sac. Il sortit les bouteilles d'alcool. Le clochard tressaillit.

— Les bouteilles contre la médaille, lui dit Tim.

Pour achever de le persuader, Max balançait une bouteille de gauche à droite. La soif de l'ivrogne était trop forte pour résister à la tentation. Il arracha la médaille de son col et la jeta à Tim. Il s'avança vers Max, endossa le manteau, prit les bouteilles et s'empara de la nourriture.

Au même moment, une camionnette entrait dans la cour. Le clochard, croyant les malfaiteurs de retour, prit ses jambes à son cou et détala le plus rapidement possible. Un inconnu en sortit. Il se dirigeait vers la maison.

— Bonjour, les garçons, dit-il en entrant. Vous m'avez téléphoné ? Si j'ai bien compris, il y a des animaux maltraités, ici ?

Max se présenta et conduisit l'agent de la SPCA au sous-sol. Lisant la crainte dans les yeux de Tim, son aîné le rassura.

— N'aie pas peur, Tim. Suis-moi, il n'y a plus aucun danger.

L'odeur de la mort flottait dans l'air. Ils découvrirent quelques dépouilles. Les autres animaux étaient bien mal en point et se terraient dans les coins.

— Pauvres bêtes ! s'exclama l'agent. Qui ferait une chose pareille ? Dans toute ma carrière, je n'ai jamais vu un spectacle aussi désolant. C'est horrible ! Tu connais les auteurs de ce crime ? demanda-t-il à Max.

Max parla des deux hommes, cruels et méchants, qu'il avait malencontreusement rencontrés la veille.

— Tu voudrais bien les décrire à la police ? demanda-t-il d'un ton rassurant.

— Bien sûr, répondit Max avec conviction.

— Je ne sais pas pourquoi vous êtes dans leur repaire, ni pour quelle raison vous n'êtes pas à l'école, mais je vous remercie. Si nous pouvions mettre la main au collet de ces bandits, cela ferait un réseau de trafiquants d'animaux de race en moins. Vos parents seront très fiers de vous !

Tim et Max blêmirent.

— Ils ne savent rien, s'empressa de répondre Max.

L'agent leur adressa un clin d'œil, signifiant qu'il avait compris. Il reprit son enquête.

— Tu dis qu'hier, tu as capturé les chatons et les chiots pour eux ? interrogea l'agent.

— C'est bien ça, répondit Max tristement.

— On ira visiter toutes les animaleries de la ville. On pourra enfin mettre un terme à ces atrocités ! Non mais, regardez ces pauvres bêtes ! dit-il en caressant la fourrure d'une chienne. Viens ici, ma belle, on va s'occuper de toi.

Les animaux maltraités, encore craintifs, s'approchaient peu à peu de leur sauveur. Max attrapa un petit chiot brun, rescapé de la veille.

— Tu étais bien caché, dis donc ! Tu as de la chance : ton cauchemar est terminé. Puis-je le garder ? demanda-t-il à l'agent.

— Tu le mérites bien. Mais on doit d'abord suivre la procédure. On l'emmènera avec nous, le vétérinaire l'examinera, puis le vaccinera. On peut te le réserver, par contre.

L'agent de la SPCA embarqua tous les animaux survivants ainsi que les carcasses des bêtes mortes dans cet enfer. Les deux garçons avaient le sentiment du devoir accompli. Leur travail terminé, ils enfourchèrent à nouveau leur bicyclette et prirent le chemin du retour, laissant derrière eux le triste souvenir d'une incroyable aventure. Pendant tout le trajet, Tim tint fermement la médaille dans sa main.

À l'heure du souper, tel que prévu, Tim questionna sa mère.

— Maman, peut-on aller visiter grand-papa ? demanda-t-il.

— Je ne sais pas, répondit-elle. Son état s'est amélioré. Il a reçu son congé de l'hôpital et il est de retour chez lui. Il va mieux, mais il est encore très fragile.

— On doit voir grand-papa, insista Max. On a un cadeau à lui remettre.

— Un cadeau ? Quel cadeau ?

— C'est une surprise, répondit Tim, mais notre visite lui fera vraiment plaisir !

Max et Tim n'avaient rien dévoilé à leurs parents. D'un commun accord, ils avaient décidé de garder leur aventure secrète. Max avait même inventé une histoire d'accident de vélo pour justifier ses ecchymoses et sa bosse à la tête. Ils avaient en leur possession la médaille et le chiot mignon. Tim ne se séparait plus de l'objet. Il dormait même en le tenant fermement dans sa main, craignant de l'égarer. Il fallait en finir.

— Alors, maman, on y va ? relança Max.

— Qu'en penses-tu ? demanda-t-elle à son mari.

— Si les garçons veulent visiter leur grand-père, sautons sur l'occasion. Ça lui ferait sûrement un très grand plaisir.

Il ne comprenait pas l'obstination de ses fils, mais il accéda à leur requête. De toute évidence, leur enthousiasme dissimulait un mystère. Les parents ne se laissaient pas berner. Ils les connaissaient suffisamment pour savoir qu'ils complotaient quelque chose. Leur père sourit et fit un clin d'œil à sa femme.

— C'est bon, on ira demain, confirma-t-elle à ses fils soulagés.

Cette fois, le trajet leur sembla très long. Le paysage défilait, lassant et monotone. Les deux garçons n'en pouvaient plus d'attendre et le chiot cherchait à sortir de sa boîte. Tim et Max ne se chamaillaient pas, pour une fois. Ils discutaient plutôt à voix basse.

— Crois-tu que grand-papa aimera son cadeau ? murmura Tim.

— Bien sûr que si ! J'en suis certain.

Finalement, leur père put garer l'automobile, et c'est en toute hâte qu'ils en sortirent. Ils saluèrent affectueusement leur grand-père. Le chiot n'en pouvait plus d'être maintenu prisonnier et geignait un peu. Max voulut sauver la situation.

— Allez, grand-papa, ouvre ! dit-il en tendant le cadeau.

Celui-ci défit rapidement l'emballage. Il avait à peine soulevé le couvercle qu'un adorable animal surgit de la boîte. Le chiot sautillait, courait et jappait de bonheur autour des garçons. Leur grand-père, stupéfait, prit délicatement la petite boule de poils. Il souleva le chiot pour l'examiner de plus près. Après qu'il eut déposé un baiser sur son museau, une larme coula sur sa joue. Il venait de voir, attachée au collier, une médaille. Sa chère médaille !

TABLE DES MATIÈRES

Marc Couture

Marc habite Gatineau, dans la région de l'Outaouais, où il enseigne aux élèves du primaire. Fort d'une imagination débordante, il ressent le besoin de raconter des histoires aux enfants. Il se décide finalement à écrire ses propres textes.

Pour le plus grand bonheur des jeunes, il nous présente ici son premier roman jeunesse.

Yan-Sol

Comme un soleil qui rend possible la vue des images par sa belle lumière, Yan-Sol fait découvrir son monde imaginaire à travers ses dessins.

Tout jeune, préférant dessiner plutôt qu'écouter ses enseignantes, il choisit ce moyen d'expression pour communiquer sa passion.

Professeur d'éducation physique au primaire, Yan-Sol partage aussi avec les jeunes son savoir-faire dans l'univers du mouvement.

Achevé d'imprimer en septembre 2006
sur les presses de l'imprimerie Gauvin,
Gatineau, Québec